CÉRÉMONIES FAITES AUX ENSEVELIES DE ROUEN

POUR LA BÉATIFICATION DE

# SAINTE ROSE DE LIMA

PUBLIÉES

D'APRÈS UNE RELATION IMPRIMÉE EN 1668

ET PRÉCÉDÉES D'UNE INTRODUCTION

Par Paul BAUDRY

ET DE NOTES

Par Charles DE BEAUREPAIRE

## ROUEN

IMPRIMERIE DE ESPÉRANCE CAGNIARD

—

MDCCCLXXXVI

# SOCIÉTÉ

### DES

# BIBLIOPHILES NORMANDS

N° 57

—

MINISTÈRE DE L'INSTRUCTION PUBLIQUE

# INTRODUCTION

Le temps, les accidents et la main des hommes, qui ont accumulé tant de ruines à Rouen, ne permettront bientôt plus de soupçonner la place où aura existé le couvent des religieuses Emmurées.

Et cependant, malgré de nombreuses successions d'épreuves et de désastres, cette maison compta de longs jours d'édification et de foi, et eut de belles pages dans les annales de la Normandie catholique.

Fondé sur la rive gauche de la Seine, dans le faubourg Saint-Sever, au lieu dit le Manoir-de-Saint-Mathieu, et occupé de 1222 à 1247 par des religieux Jacobins de l'ordre de Saint-Dominique, le monastère dont il s'agit fut, après l'établissement des Dominicains dans l'intérieur de la ville, reconstruit, et donné, en 1269, par le roi saint Louis, à des religieuses Dominicaines, qui y observèrent une exacte clôture. Le peuple les appela Emmurées, d'autant, dit Farin, qu'elles ne sortaient plus quand une fois elles étaient entrées dans leur couvent, environné de hautes murailles, et où elles trouvaient une agréable solitude.

Ainsi que le prieuré de Bonne-Nouvelle, autrefois situé non loin de là, et qui a été définitivement rasé en 1883, le monastère des Emmurées fut plusieurs fois pris et repris par les assiégeants et les assiégés pendant les troubles des siècles passés ; car, suivant l'expression du vicomte Walsh, il faut que tout se ressente de la guerre, même les autels d'un Dieu de paix.

L'an 1413, l'église contiguë à celle des religieuses, et dans laquelle les Pères Jacobins, leurs directeurs, faisaient l'office, fut démolie à cause du siége dont la ville était menacée.

L'an 1479, le 11 juillet, l'église des Emmurées fut dédiée par l'évêque d'Hippone, Robert Clément, de l'ordre des Frères Ermites de Saint-Augustin du couvent de Rouen, et cette dédicace était déjà la troisième ou la quatrième, depuis la fondation de saint Louis.

Le couvent fut encore ruiné en 1562 par les calvinistes, et en 1591 pendant la Ligue.

Malgré toutes ces calamités, les religieuses aimaient tant leur retraite que, le calme rétabli, elles y retournèrent toujours. Après s'être tenues pendant quelque temps à l'abri dans la ville, où l'hôtel de Saint-Wandrille les accueillit, elles eurent le courage de se placer sur le grand chemin qui longeait les débris de leur maison, et, là, de demander l'aumône aux passants, faible ressource pour fournir à une dépense considérable, et qui néanmoins, remarque D. Toussaint Duplessis, par la singularité du spectacle, passa leurs espérances.

D'après Farin, la partie de l'église occupée par les Dominicains, la nef, aurait alors été réédifiée, en 1606, et proportionnée, en 1666, à la partie réservée aux religieuses, c'est-à-dire au chœur.

En pierre et de construction remarquable, quoique dénuée de décorations extérieures, l'église des Emmurées formait une croix latine régulière, longue, étroite et sans collatéraux. Elle était orientée. Une des portes s'ouvrait au midi sur la rue actuelle des Emmurées. Toutes les fenêtres étaient ogivales, et séparées par de petits contreforts peu saillants. Celles du bas de la nef, au côté méridional, se divisaient en meneaux prismatiques, terminés, comme au xv^e siècle, par des lignes flamboyantes, et portant quelques écussons armoriés. Il n'y en avait pas au bas de la nef, du côté septentrional. Celles du transept et du chœur indiquaient l'époque de Louis XIV et devaient être postérieures à 1668, année où Farin écrivait que la partie de l'église affectée aux sœurs n'avait jamais été ruinée ni abattue, et que c'était encore celle qui avait été construite par saint Louis.

Une ancienne crédence, placée au haut de la nef, marquait sans doute la délimitation des deux parties de l'église.

La voûte, en bardeau, était couverte de culs-de-lampe dorés, de fleurs de lis d'or, que la Révolution s'était évertuée à faire disparaître, et des chiffres S L — Saint Louis — retracés sur fond d'azur. Un élégant pendentif en bois dominait le chœur. Les entraits de la nef portaient des images pieuses, des armoiries et des monogrammes sculptés et décorés de peinture. Sur le dernier, avant le transept, on voyait la date de 1606.

Le clocher, formé d'une flèche en bois et ardoise, était à cheval sur le faîte de la nef, à peu de distance du pignon occidental.

Au nord de l'église, et se rattachant aux bâtiments conventuels, le cloître se composait d'arcades en ogives, reposant sur des bases qui contenaient des niches. C'était une construction pleine de grâce et d'harmonie, et l'un des plus précieux monuments de ce genre que nous ait légués le xv⁰ siècle. La galerie septentrionale renfermait un lavabo ou fontaine en pierre surmonté d'un cintre avec accolade, et dont les mutilations laissent cependant deviner encore les richesses de l'art ogival tertiaire.

Çà et là, dans l'église, dans le cloître, dans les bâtiments, se trouvaient des statues en pierre, des inscriptions, dont une en caractères gothiques, du xivᵉ siècle, relative à des indulgences, et des pierres funéraires des xvᵉ, xviiᵉ et xviiiᵉ siècles, dont nous avons communiqué beaucoup de textes à la Commission des Antiquités, le 26 mai 1881, et dont un certain nombre a trouvé asile dans le Musée départemental.

Sur le montant en bois d'un escalier Louis XIII, vers l'angle sud-est du cloître, était sculptée une figure de saint Louis, avec le sceptre, la couronne et le manteau royal fleurdelisé.

Lorsque, en vertu du décret de l'Assemblée nationale du 29 octobre 1789, les administrateurs du district de Rouen vinrent, le 2 septembre de l'année suivante, au couvent des Emmurées, la prieure, Charlotte de Limoges, déclara que son intention était de vivre et mourir dans son monastère. Son exemple fut suivi par Angélique de La Rue, sous-prieure, Louise de Blangues, procureuse, Marie Pinard, deuxième dépositaire, Catherine de La Rue-d'Iclon, Dorothée Graveron, Louise Letellier, Marie Aglon, Louise Dupuis et Dorothée Pinard de Bois-hébert.

La maison possédait alors une bibliothèque de 800 volumes, et, entre autres reliques, un morceau de la vraie croix, une sainte épine et un doigt de saint Louis.

Le 3 janvier 1791, devant les officiers municipaux, la prieure se retira, ainsi que plusieurs autres religieuses. Quatre professes et une converse restèrent, et choisirent pour supérieure Angélique de La Rue et pour économe Catherine de La Rue-d'Iclon. Mais, malgré leur fidé-lité, celles-ci aussi durent bientôt renoncer à leur clôture, et plusieurs d'entre elles furent incarcérées.

Privée de ses anciennes habitantes, une partie des bâtiments et du cloître servit, pendant un certain nombre d'années, aux écoles pri-maires tenues par les sœurs de la communauté d'Ernemont. Quelques constructions délabrées furent utilisées pour le dépôt des lits mili-taires.

Quant à l'église, dont les amis de la religion et des arts avaient en vain réclamé le retour au culte, elle fut convertie en magasin à four-rages pour la cavalerie ; et, pour l'approprier à cette destination, on en boucha les fenêtres. Avant 1848, elle était louée, au moins partiel-lement, à un marchand de fers. A cette époque, le croisillon méridio-nal fut retranché pour satisfaire aux exigences de l'alignement. Le marteau du démolisseur s'exerça sur les élégantes découpures des fenêtres, et un détachement de cavalerie s'installa, aussi mal que pos-sible, là et dans d'autres dépendances du couvent.

Le 11 mars 1875, l'église fut détruite par un incendie. Depuis, un sinistre du même genre attaqua ce qui était devenu des magasins. En 1884, le détachement de cavalerie fut, avec le régiment lui-même, qui jusque-là occupait le prieuré de Bonne-Nouvelle, reporté dans le nouveau quartier de Trianon. Le vieux monastère des Emmurées ne présente plus aujourd'hui que l'aspect de la désolation et de la mort.

Situé sur le principal chemin de Saint-Sever, non loin du pont de Mathilde, qui établissait un important moyen de communication entre la ville et son faubourg, notre église, au temps de sa splendeur, avait souvent servi de station à d'illustres convois funèbres. Parmi les hauts personnages qui, après leur mort, y reçurent momentanément l'hospitalité, avant de trouver un dernier repos dans l'église métropolitaine, on cite, en 1510, le cardinal Georges d'Amboise, premier du nom ; en 1531, Louis de Brézé, grand-sénéchal et gouverneur de Normandie, et, en 1550, le cardinal Georges d'Amboise, deuxième du nom.

Au xviie siècle, une cérémonie très imposante y eut lieu à l'occasion de la béatification de la Mère Rose de Sainte-Marie, décédée le 24 août 1617, et canonisée plus tard par le pape Clément X, qui en fixa la fête au 30 août.

Rose de Sainte-Marie, née en 1586, à Lima, capitale du Pérou, fut nommée Isabelle à son baptême, et, dans la suite, sa beauté la fit appeler Rose. Elle avait consacré à Dieu sa virginité, brilla au plus haut degré dans la vie solitaire et mystique, et fut la première sainte du Nouveau-Monde à laquelle l'Église ait décerné un culte public. Entrée chez les religieuses du tiers-ordre de Saint-Dominique, elle fut, au moment de sa béatification, l'objet d'éclatantes et pieuses démonstrations de la part des maisons de son ordre, sur lesquelles semblaient rejaillir les honneurs qui lui étaient personnellement décernés.

Les fêtes, ou, comme on le disait alors, les *Magnificences* qui furent célébrées à ce propos en l'église des Emmurées de Rouen, sont rapportées, à la date du 13 septembre 1669, dans les *Extraordinaires* de la *Gazette de France*, dont elles forment le nᵒ 107, et où elles comprennent douze pages, de 885 à 896. Un exemplaire du récit de ces *Magnificences* nous ayant été obligeamment offert par un collectionneur distingué, M. Edouard Pelay, nous avons pensé qu'il y avait peut-être là les éléments d'intérêt historique local et de rareté exigés par les statuts de la Société des Bibliophiles normands, lorsqu'il s'agit d'une réimpression. Indépendamment des curieux détails qui y sont énumérés, une date certaine, coïncidant d'ailleurs avec celle fournie par d'autres documents, en résulte pour l'histoire du couvent des Emmurées, puisqu'il y est dit que, pour célébrer le triomphe de la Bienheureuse, les religieuses non seulement décorèrent magnifiquement, mais firent même *rebastir* leur église *avec un superbe dôme.*

Notre pensée ayant été favorablement accueillie par la Société des Bibliophiles, le 15 juillet 1886, nous nous estimons heureux, après avoir consacré, en 1848, à la maison des Emmurées, nos modestes débuts archéologiques dans la *Revue de Rouen*, de pouvoir lui adresser un dernier souvenir, à trente-huit ans de distance.

PAUL BAUDRY.

N. B. — *Pour conserver autant que possible l'aspect typographique de la relation que nous rééditons, nous avons reproduit celle-ci page pour page et ligne pour ligne, en l'accompagnant de la grande lettre initiale qui orne la publication primitive*        P. B.

# NOTES

# NOTES

———

Le bref pour la béatification de Rose de Lima est du 12 février 1668. La canonisation de cette sainte est du 12 avril 1671.

Le 27 août 1670 avait paru un décret du pape Clément X qui permettait « converso tam seculari quam regulari clero, ut in quavis Ecclesia, per anni circulum, missam votivam de Beata Rosa, aut ex devotione, celebrari posset ». Je ne cite ce décret que parce que, sur le placard imprimé à Paris où il est rapporté, est une image assez fine du graveur Lalouette, où la Bienheureuse Rose *est représentée offrant une rose à l'Enfant Jésus, avec cette légende* : « La B. Rose de Sainte-Marie, *religieuse du tiers ordre de S. Dominique, née à Lima, capitale du Perou, dans les Indes occid.,* l'an 1586, *decedée en* 1617 *et beatifiée par* N. S. P. Clement IX *le* 12 fevrier 1668. »

Les fêtes qui eurent lieu à Rome à l'occasion de la canonisation de cette première sainte du Nouveau-Monde furent remarquables par un éclat inusité.

Dans tous les couvents de Dominicains, on fêta la béatification et la canonisation.

Malgré la solennité de la cérémonie, un débat s'engagea, dans l'église des Jacobins de Rouen, entre ces religieux et les administrateurs de l'Hôpital-Général, ainsi que l'indique la note suivante, conservée aux archives du département :

« Les Directeurs de l'Hôpital des Valides de Rouen vinrent la veille et le jour de la canonisation (lisez béatification) de sainte Rose, c'est-à-dire le . . . . . . . quêter et même nous empêcher de quêter dans notre église, renversant notre table des reliques pour y placer la leur ; ils gagnèrent au Parlement par arrêt du 6 juillet 1669. Nous en appelâmes au Conseil par requête signée du P. Vincent Haraut, aux fins de leur faire défendre de faire ni faire faire aucune quête dans notre église, sinon d'un tronc à notre porte avec une quêteuse en la manière accoutumée. »

Vers le même temps, des fêtes étaient célébrées en l'honneur de sainte Rose au monastère des Emmurées.

Voici en quels termes il en est question aux Registres capitulaires de la cathédrale de Rouen :

« Vendredi 18 juin 1669, il a esté permis aux FF. prescheurs du couvent de Rouen de venir de demain en huictaine processionnellement en cette église après les vêpres pour l'ouverture de la cérémonie de la beatification de sainte Roze, où ils feront leur station devant l'autel du Vœu, à l'arrivée de laquelle procession sera sonné le carrillon en telle cérémonie accoustumé. »

« Lundi 1er juillet 1669, MM. les Intendants de la fabrique sont autorisés de prêter quelques ornements aux filles religieuses des Amurez pour la cérémonie de la beatification de sainte Rose. »

La canonisation de sainte Rose fut fêtée plus particulièrement au monastère des Jacobins en 1674 :

« 30 janvier 1674, on resolut au Conseil de faire pour la solennité des SS. Louis B. et Roze des illuminations, ung théatre de musique, ung throne à droite de l'autel, etc... Dès le 22 novembre précédent, on avait résolu de différer cette cérémonie jusqu'au temps pascal. »

Le couvent des Jacobins de Rouen, de même que tous les autres couvents de l'ordre, avait contribué aux frais du procès de canonisation.

« 12 janvier 1671, le Conseil envoya 100 l. au Pere général pour contribution aux frais de la canonisation des SS. Louis B. et Rose, que le pape allait faire à Pâques. »

« 2 mai 1673. Nous fîmes tenir à Rome 100 l. pour la cérémonie de sainte Rose. »

A l'époque des fêtes qui furent célébrées aux Emmurées, l'archevêque, Mgr François de Harlay, n'était pas à Rouen. Il y était représenté pour le spirituel par André Lynch, prélat irlandais, exilé pour la foi de son siège de Finibor, en Irlande. Cet évêque logeait habituellement, avec son neveu, au séminaire Saint-Vivien. C'est par lui que furent faites les ordinations pour le diocèse de 1662 à 1676.

J'ignore les noms de ces prédicateurs *fameux* auxquels, suivant notre livret, les Emmurées s'adressèrent. Tout ce que je puis dire, c'est que le Père Séraphin, capucin connu par ses sermons, dont le recueil a été imprimé, était alors à Rouen.

Charles de BEAUREPAIRE.

# LES
# MAGNIFICENCES

faites à Roüen, en l'Eglise du
Convent des Religieuses Em-
murées, pour la Béatification
de la Mére Rose de Sainte
Marie, du Tiers Ordre de S.
Dominique.

Pres avoir donné place dans
l'Histoire journaliére, à tout
ce qui s'est fait en tant de
Lieux, en l'honneur de cette Bien-heureuse, des Indes
Occidentales, il ne seroit
pas juste d'en exclure les
magnificences de ces Religieuses de la ville
de Roüen. Car si on a remarqué dans toutes

les Communautez de l'Ordre de S. Dominique, vne ardeur merveilleufe, pour donner tout l'éclat poffible à fon Triomphe, on peut dire qu'elle a, particuliérement, brillé dans ce Monaftére, fondé par Saint Loüis, Roy de France : & que rien n'y a efté épargné pour rendre cette Solennité des plus célébres, & des plus éclatantes.

Le Frontifpice du Monaftére, au deffus de la grande Porte, eftoit embelli d'vn magnifique Tableau de la Bien-heureufe, de fix pieds de large, & de quatre de haut, dans vn Quadre de Lauriers, d'vn pied & demi de diamétre, avec de larges bandes d'or.

Au haut de cette Peinture, eftoyent les Armes du Pape, avec vn pareil ornement : & à la droite, celles de l'Archevefque de Roüen, ainfi qu'à la gauche, celles de l'Ordre de Saint Dominique, formans toutes, vn agréable Triangle : ce qui eftoit accompagné de Vers François, dans vn Quadre de toile d'or, à gros boüillons, pour inviter les Peuples à rendre leurs refpeĉts à la Bien-heureufe.

La Cour n'eftoit pas moins ornée, & entr'autres Décorations, on y remarquoit d'abord, les Armes du Roy, de 6 pieds de haut, & de 3 de large, élevées fur le Frontifpice du Portail de l'Eglife, par vne reconnoiffance de la Protection que ce grand, & pieux Monarque a accordée à cette Maifon, à l'exemple de fes Prédéceffeurs.

A cofté de ces Armes, il y avoit vn Emblefme, dont le Corps eftoit vne grande Rofe vermeille, au milieu de quantité de Lys blancs, avec ces parolles, *Nec Rofæ Lylia défunt,* pour marquer que ces Fleurs Royales contribüoyent à l'éclat du Triomphe de cette Rofe célefte.

Au deffus de l'Emblefme, il y avoit vn Cartouche, qui contenoit des Vers François, addreffez à Sa Majefté, fur le mélange de ces Fleurs : & à la gauche des mefmes Armes, paroiffoit, encor, vn Emblefme, dont le Corps eftoit vne autre Rofe, couronnée de Fleurs de Lys d'or, avec ces paroles, *Hanc Lylia cingunt,* qui fignifioyent que les Lys l'environnoyent de gloire.

Dans le Cartouche qui eftoit au deffous,

il y avoit , encor , des Vers au Roy , qui marquoyent que la Solennité de la Bien-heureufe , reçevoit fon principal éclat en France : &
tous ces Emblefmes , & Cartouches , eftoyent
environnez de femblables ornemens que les
Armes.

Sur la petite porte de l'Eglise , eftoyent
deux Vers Latins , par lefquels les Paffans
eftoyent invitez à entrer en ce Lieu , pour y
voir tout ce que l'Vnivers avoit de plus grand :
& en effet , au premier pas qu'on faifoit dans
l'Eglife , on apperçevoit le Saint Sacrement,
dans vn Soleil d'or , fi rempli de toutes parts ,
de Diamans , d'Efcarboucles , de Rubis , d'E-
meraudes , & d'autres Pierres précieufes , mef-
lées de groffes Perles Orientales , qu'il jet-
toit vn éclat merveilleux , ainfi qu'vn Dia-
defme , auffi riche : tellement que cet Objet , ne caufoit pas moins d'admiration , qu'il
infpiroit de pieté.

Ce pompeux Soleil eftoit accompagné de
deux Anges d'or maffif , dans vne fuperbe Niche,
dont le fonds eftoit vne Glace de trois pieds de
haut , & de deux , & demi, de large : eftant
couverte

couverte de Cryſtaux , & enrichie de quantité de Roſes , & de Chaines de Diamants ,
avec vne Couronne fleurdeliſée , encor , des
plus riches , & des plus artiſtement travail-
lées.

Il pareſſoit dans le Sanſtüaire, vne grande Machine , compoſée de huit Colonnes de 9 pieds
de haut , d'Ordre Corinthien , reveſtües de toile
d'or, depuis le Chapiteau, juſques au Pié d'eſtal,
enrichi, & environné de Pierreries, & de Perles ,
en forme de Fleurons, & de Feüillages, juſques
à la Baze.

Le fonds des Pié d'eſtaux eſtoit de toile d'argent, l'Architeſture de toile d'or, avec des Paneaux en Ovale, de Relief , dont les Ornemens eſtoyent d'or bruni : & dans le milieu
de chaque Ovale , eſtoit vn marbre embelli
de Chifres , qui marquoyent le Nom de Saint
Loüis.

Les quatre Colonnes qui pareſſoyent en face,
eſtoyent portées par quatre Crédances, ornées
de Pentes de brocard , avec leurs Creſpines
d'or, & d'argent, d'vn pied & demi de haut, & le
fonds de pareil ornement : & ſur ces Crédances,

il y avoit plufieurs Girandoles de Cryſtal, avec quantité de Flambeaux de vermeil doré cifelé, chargez de Cierges.

Les autres Colönes qui faifoyent le derriére du Corps de l'Autel, eſtoyent portées ſur le dernier Gradin : & toutes deux, à deux, à diſtance de trois pieds, l'vne de l'autre : les eſpaces depuis les Chapiteaux, juſques aux Pié d'eſtaux, eſtans remplis de grandes Glaces, en des Quadres de vermeil doré, qui multiplioyent agréablement, les Objets, & formoyent de charmantes Per- ſpeĉtives.

Au deſſus de ces Colonnes, régnoit vne Ar- chiteĉture de dix pouces de hauteur, de toile d'or, ſous laquellè pendoyent des Feſtons, & des Cheutes d'or bruni : au deſſus de cette Ar- chiteĉture, eſtoit la Friſe à fonds de toile d'argent, chargée de Fleurons d'or bruni, en relief : & au deſſus, encor, eſtoit la Corniche, portant ſon Ordre, de toile d'or, d'où s'avan- çoyent 4 Angles, chacun, entre deux Colon- nes.

Il ſortoit, auſſi, de chaque Angle, vne Colon- ne éclatante, diviſée en trois parties, dont le haut , & le bas eſtoyent compoſez de petites Machines , chargées de Glaces , & de Chan-deliers de Cryſtal , & le milieu , d'vn grand Chandelier , pareillement , de Cryſtal , portant 16 Cierges chacun.

Au deſſus de la Corniche , régnoit vne Ba-luſtrade d'azur , à fonds d'or : & ſur les Angles , s'élcvoyent 4 Pyramides Triangulaires , compo-ſées de trois Paneaux de chaque coſté , les vns en Ovale , & les autres tirans vers la pointe de la Pyramide : ce qui paroiſſoit eſtre de Turquoi-ſes , & de Rubis tranſparans.

Les Bordures , & les Intervales eſtoyent em-bellis de boüillons : & ſur les bords de chaque Angle , il y avoit 25 Cierges , ainſi qu'entre leſ-dits Angles , 2 Ceintures de pareil orne-ment, chargez de Cierges, qui formoyent les Ailes.

On voyoit, auſſi , au milieu, 2 grands Luſtres, d'où ſortoyent deux Chandeliers de Cryſtal, ſervans d'ornement à deux Autels enfoncez, au devant deſquels régnoit , encor , vne Baluſ-trade d'azur , à fonds d'or : & ces Autels eſtoyent ornez de paremens de Brocatel , avec pluſieurs

riches Tableaux , Chandeliers d'argent , Vafes
d'or , & quantité de Luftres qui prodüifoyent
vn tres-agréable Iour.

Au milieu de cette vafte Machine , paroiffoit
vn grand Tableau de la Bien heureufe , dans vn
Quadre d'or bruni : & au deffus de tout , il y
avoit , pour couronnement , vne autre brillan-
te Machine , au milieu de laquelle eftoit vne
Rofe , de fix pieds de diamétre , percée à jour ,
& compofée de quantité de Rofes artificielles.
Cette belle Fleur contenoit dans fon fein , vne
autre Image de la Bien-heureufe , paroiffant
dans vne Gloire, toute lumineufe, par le moyen
de trente-fix Lampes, qu'on avoit mifes derriére :
& , ce qui eftoit plus merveilleux , on apperce-
voit vn mouvement perpétüel de Rayons écla-
tans , au travers de cette Rofe ingénieufe , & de
quantité de nüages lumineux , percez en forme d'Etoiles, dont les vnes fembloyent errantes,
& les autres fixes.

Il y avoit , auffi vn nombre , prefque , infini
de Cierges, qui éclairoyent de tous coftez, les
dehors de la mefme Machine , en forte qu'elle paroiffoit toute en feu : & fur le Sommet,

vis-à vis

vis-à vis les Colonnes , eſtoyent des Pié d'eſtaux , chargez de Glaces , avec leurs boüillons
de toile d'or , qui portoyent huit Vaſes d'argent , chacun de deux pieds de Diamétre , &
remplis de Bouquets de cinq pieds de haut ,
compoſez de toutes ſortes de Fleurs , & de
Früits.

Le grand Autel portoit trois Gradins , couverts de toile d'or , et chargez de ſoixante
grands Chandeliers d'argent ciſelé , en Triangle , entre leſquels on voyoit pareil nombre de
Vaſes , auſſi , d'argent , ciſelé , & remplis de
Bouquets de Roſes : & il y avoit vne ſi prodi-
gieuſe quantité d'autres richeſſes , avec une ſi
grande variété d'Ornemens en broderie , qu'il
ne ſe peut rien voir de plus ſuperbe , & de plus
pompeux.

Les Tapiſſeries les plus riches de la Provin-
ce , y eſtoyent tendües par tout , juſques à la
Voute , éclatante d'or , & d'argent : & par deſſus , il y avoit pluſieurs grands Tableaux des
meilleurs Maiſtres de France , entremeſlez de
grandes Glaces , avec des Quadres de vermeil
doré.

B

Deux larges Chapelles, à droit, & à gauche, faifoyent, pareillement, deux magnifiques Spectacles, par quantité de Luftres, de Glaces, de Tableaux, de Chandeliers, & de Vafes d'argent, remplis de Bouquets de Fleurs naturelles, & artificielles : le tout éclairé d'vn tel nombre de Cierges, qu'on avoit peine à en fouffrir l'éclat.

Depuis ces Chapelles, jufques au Chœur des Religieufes, il y avoit, encor, des deux coftez, des Tableaux qui repréfentoyent les principales Actions de la Bien heureufe, & les plus finguliéres faveurs qu'elle avoit reçeües du Ciel : & au deffous de chaque Tableau, eftoit vn Emblefme qui expliquoit ce qu'il contenoit, avec des Vers, dans vn Cartouche d'azur : le tout orné de Lauriers, liez avec des Rubans noirs, & blancs, qui font les couleurs de l'Ordre.

Outre ces ingénieufes, & riches Peintures, il y avoit deux beaux Emblefmes à cofté de la Grille du Chœur, avec de pareils embelliffemens : de forte qu'on n'avoit laiffé aucun endroit, fans Ornemens, quoy que l'Eglife que ces Religieufes avoyent fait rebaftir pour cette Solennité, avec vn fuperbe Dome, fût affez pompeufe d'elle mefme.

Au deffus de la grande Grille, eftoit ", auffi, vn Echafaux, qui s'avançoit du cofté du Chœur defdites Religieufes : où eftoyent plus de quatre-vingt Muficiens, qui par leurs Voix, & leurs Inftrumens ; rendirent cette Dévotion tres charmante.

Les chofes préparées avec tant d'appareil, l'Evefque de Finebort, pontificalement, reveftu fit l'ouverture de la Cérémonie, par la Lecture du Bref de la Béatification, qui fe fit au pied du grand Autel.

Enfüite, ce Prélat ayant levé le Voile qui couvroit vn Tableau de la Bien-heureufe, expofé fur le mefme Autel, commança le *Te Deum,* qui fut continüé par ce grand Cœur de Mufique, avec les Fanfares des Trompettes, le brüit des Tambours, & vne Salve de la Moufqueterie, à laquelle répondit le canon du Vieux Palais.

Cependant, ce Prélat, accompagné de tous fes Officiers, alla fe placer dans vn Fauteüil qui lui avoit efté préparé fur vne Eftrade de trois dégrez, couverts d'vn grand Tapis de pied, au deſſus d'vn Dais de Brocatel : d'où il aſſiſta aux premiéres Veſpres, à l'iſſüe deſquelles il donna la Bénédiction du Saint Sacrement, à l'Aſſamblée, qui eſtoit, extraordinairement, nombreuſe.

Le lendemain, & tous les autres jours de l'Octave, la Solennité ſe continüa par le Service, célébré par les Principaux, tant de la Cathédrale, que des autres Egliſes de Roüen, & des environs, avec les Panégyriques, prononcez par de fameux Prédicateurs, & des Proceſſions de toutes les Communautez Séculiéres, & Réguliéres, où il ſe trouva vn Concours extraordinaire, de Peuple, avec les Magiſtrats, & les autres Perſonnes plus notables de la Ville : tellement que cette Devotion fut, en toutes maniéres, des plus auguſtes, & des plus éclatantes, ainſi que des mieux ordonnées, par les ſoins du Sieur de Saint Gilles, qui avoit donné le Deſſein de toutes ces pompeuſes Machines.

*A Paris, du Bureau d'Adreſſe, aux Galleries du Louvre, devant la rüe S. Thomas, le 13 Septembre 1669.*

Avec Privilege.